C’est quoi ta collec ?

Responsable de la collection : Frédérique Guillard

Hubert Ben Kemoun

C'est quoi ta collec ?

Illustrations de Régis Faller

NATHAN

Un peu avant

les vacances d’avril,

Sara a apporté en classe

sa collection de timbres.

Notre maîtresse,

mademoiselle Nony,

en a profité pour faire une leçon

sur les pays et les continents,

et Sara était aussi fière

que si elle était passée à la télé.

C'est vrai que c'était
une très belle collection.
Les timbres avaient
toutes les couleurs
et toutes les formes, certains
étaient même triangulaires
et deux étaient ronds.

La collection était rangée
dans deux albums reliés
comme des livres précieux.
Un vrai trésor.

– Moi aussi, je vais commencer une collec ! a dit Farid.
– Une collec de quoi ?
– De pierres ! Mon père travaille sur des chantiers et j'en aurai vite beaucoup.

– Eh bien moi, je vais
collectionner les cartes
téléphoniques ! a lancé Samuel.

– Moi, je choisis les porte-clefs !
a décidé Hugo.

Pour Hervé ce serait les billes,
il était le meilleur dans la cour
et il nous gagnait
nos plus belles agates.
Antoine a choisi les couvercles
de boîtes de camembert,
parce qu'il connaît la crémière
en bas de chez lui ; et Cathy
les pièces de monnaies
étrangères, parce que sa mère
voyage beaucoup.
Lise s'est décidée
pour les bouteilles de parfum
et Germain pour les sucres
enveloppés.

À la fin de la journée,
chacun avait trouvé
sa collection... sauf moi.
Je n'avais pas la moindre idée.
J'avais beau chercher,
je ne voyais rien de bien original
à collectionner.

Chez moi, j'en ai parlé
à mon père, pour qu'il m'aide,
mais il a répondu :
– Nicolas, tu n'as qu'à
collectionner les bonnes notes !
– C'est une très mauvaise idée !
Julie les collectionne déjà
depuis le début de l'année !

Je lui aurais bien proposé
de collectionner les mauvaises
notes, mais je me suis retenu.

À la récréation, mes camarades
ne parlaient plus
que de leurs collections.

Ça discutait timbres,
cartes postales, crayons,
autocollants publicitaires
ou boîtes d’allumettes vides.

Je sentais bien
que je n'intéressais personne.
Sans collection,
je n'avais rien à dire.

– Et toi, Nico, c'est quoi ta collec ? ont-ils fini par me demander.
– C'est un secret ! j'ai répondu, en essayant de me donner un air mystérieux.

– Tu dis ça parce que t'en as pas ! m'a lancé Jonas, fier de sa boîte de capsules de bière déjà bien garnie.

– Si ! J'en ai une, et une drôlement spéciale ! Bien plus originale que toutes les vôtres ! ai-je répliqué, vexé.

– Tu mens, Nico, c'est des bobards ! T'as rien trouvé à collectionner ! m'ont-ils dit en riant.

Ils avaient raison.

Toutes les idées qui m'étaient venues, ils les avaient déjà prises. Je ne pouvais tout de même pas copier sur eux.

– Tu n'as qu'à collectionner
les bisous des filles !
m'a proposé mon père
qui a toujours des idées
un peu farfelues.
Ça c'est original, au moins !

– Peut-être un peu trop original,
a souri ma mère.
– De toute façon,
les bisous, ça ne se garde pas
et on ne peut pas les montrer
aux autres ! j'ai dit,
en haussant les épaules.

Les plumes d'oiseaux ?
Impossible, il paraît
que je suis allergique...
Les échantillons de sable ?
On était en avril, et cet été
nous devions partir
à la montagne...
Les coquillages ?
Où les trouver en ville ?

Le pire, c'est que j'avais annoncé à toute la classe que ma collection était très spéciale ; il me fallait trouver une idée exceptionnelle. Mais je ne trouvais absolument rien et, en classe, j'étais maintenant le seul à ne pas suivre la mode des collections.

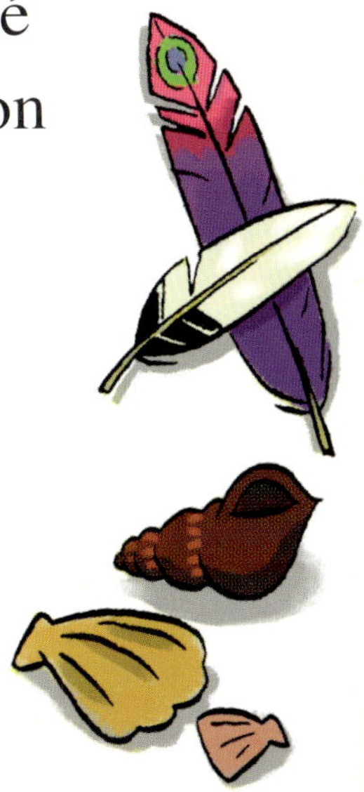

Un soir, à table,
papa m'a demandé :
– Est-ce qu'un de tes copains
fait la collection des cartes
téléphoniques ?
– Oui, c'est Samuel !
ai-je dit tristement.
– Tiens, j'en ai trois qui sont vides
tu pourras les lui donner !

– Nico, veux-tu finir le fromage ? a dit ma mère, en poussant vers moi la boîte de camembert.

J'ai regardé les trois cartes que mon père venait de déposer sur la table et le couvercle de la boîte de fromage... et tout d'un coup, j'ai eu mon idée. Une idée géniale ! J'ai ramassé les cartes téléphoniques et la boîte de fromage.

À la cuisine, j'ai récupéré deux boîtes d'allumettes vides, un autocollant publicitaire sur un paquet de yaourt et quelques morceaux de sucre enveloppés qui traînaient.

– Maman, est-ce que je peux prendre ta bouteille de parfum, elle est vide ?

Et puis, il me faudrait aussi des vieux stylos qui ne marchent plus, et j'aimerais garder les anciennes cartes postales, et puis les timbres, et aussi...

– Nico, tu te mets à faire toutes les collections en même temps ?

– Pas du tout, maman, j'ai une bien meilleure idée !

C'est presque tous les jours
que j'apporte ma récolte
à mes camarades.
J'essaie de n'oublier personne,
mais j'ai encore du mal à trouver
des capsules de bière pour
Samuel, parce que mes parents
n'en boivent pas,
et pour les pierres de Farid,
j'attends les vacances
à la montagne.
Tous s'imaginent
que je ne collectionne rien,
mais ils ne savent pas
à quel point ils se trompent.

Depuis que je les aide
à compléter leur collec,
c'est les copains
que je collectionne.
J'en ai beaucoup,
et pas un seul en double !

Hubert Ben Kemoun

Si, à l'âge de Nicolas, il collectionnait les timbres et les porte-clés, ce sont les mots qu'Hubert Ben Kemoun collectionne à présent. Il les installe dans les livres qu'il écrit pour les enfants comme pour les plus grands. Il les fait sonner dans la bouche des comédiens de ses pièces de théâtre. Enfin, il les fait se croiser dans les grilles de jeux qu'il fabrique pour les journaux à Nantes.

Régis Faller

Dès qu'il a un objet en double, Régis se met en tête de commencer une collection. Mais comme il n'est pas très patient, il se décourage assez vite, et la collection s'arrête là... Du coup, la seule qui soit vraiment impressionnante, c'est sa collection de collections !

Retrouve Nicolas dans les aventures suivantes :
Tous les jours, c'est foot !
Même pas cap !
Ce n'est pas le vrai !

DANS LA MÊME COLLECTION

ARNAUD ALMÉRAS

Barbichu et
la machine à fessées

Barbichu et
le détecteur de bêtises

Barbichu et
le Confiscator

Calamity Mamie

Les vacances de
Calamity Mamie

HUBERT BEN KEMOUN

Tous les jours, c'est foot !

Même pas cap !

Ce n'est pas le vrai !

C'est quoi ta collec ?

JEAN-MICHEL BILLIOUD

Le vélo, c'est trop dur !

NICOLAS-JEAN BREHON

Un petit grain
de rien du tout

CLAUDE CLÉMENT

Princesse Chipie
et Barbaclou

Bon anniversaire
Barbaclou !

JEAN-LOUP CRAIPEAU

Un Noël à poils doux

ELSA DEVERNOIS

Qu'est-ce que tu me
donnes en échange ?

DANIELLE FOSSETTE

Je ne veux pas aller
au tableau !

Je me marierai
avec la maîtresse

JACQUELINE FRASCA

Dent de loup

ANNE ET CLAUDE GUTMAN

Comment se débarrasser
de son petit frère ?

FANNY JOLY

Juliette Mangemiette

Dédé télécommandé

CATHERINE LAMON-MIGNOT

Gentil squelette
cherche amourette

Dans la même collection

Thierry Lenain

Menu fille
ou menu garçon ?

Mademoiselle Zazie
a-t-elle un zizi ?

"Bravo Léo" :

1. Crocodébile

2. Tête de grenouille

3. Merci moustique !

Gérard Moncomble

Mimi la Montagne

Geneviève Noël

Un super anniversaire

Le perroquet bête
comme ses pattes

Yves Pinguilly

Les vacances du
poisson rouge

Ann Rocard

Le loup qui
avait peur de tout

Le loup qui tremblait
comme un fou

Le loup qui n'avait
jamais vu la mer

Le loup qui sifflait
trois fois

Le vampire qui avait
mal aux dents

Béatrice Rouer

T'es plus ma copine !

Mon père,
c'est le plus fort !

Le pestacle
et les pétards

Nulle en calcul !

Tête à poux

La maîtresse en maillot
de bain

Le fils de la maîtresse

Je le dirai à ma mère !

Sourichérie

La tête à Toto

Souris d'avril !

C'est mon amoureux !

Éric Sanvoisin

Bizarre le bizarre

Alain Surget

C'est moi le plus malin !

Claire Ubac

Hugo n'aime pas les filles

Zidrou

Le grand amour
de Mathurin Pinpin

N° d'Éditeur : 10044486 - (I) - (7) - CSBTS 170 — Dépôt légal : Février 1998
Impression et reliure : Pollina s.a., 85400 Luçon - n° 73907-A
Conforme à la loi n° 49956 du 16 juillet 1949 sur les publications destinées à la jeunesse
ISBN 2.09.282454-6